# O MENINO E O AVIÃO

## MARK PETT

*wmf* **martinsfontes**

SÃO PAULO 2013

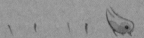

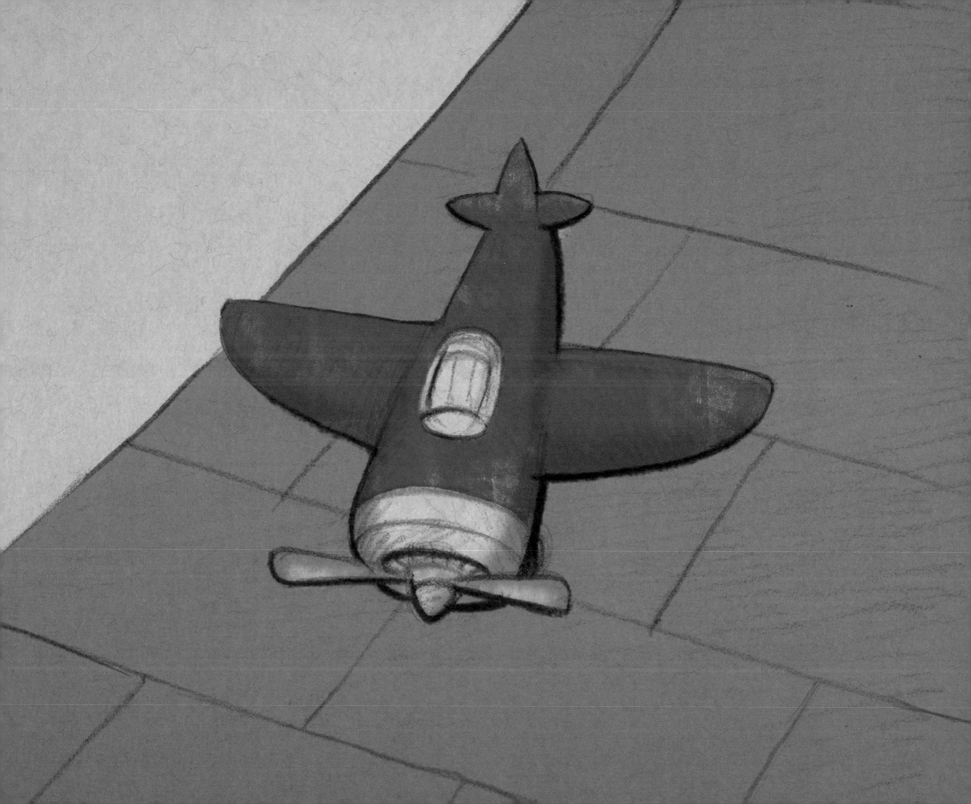

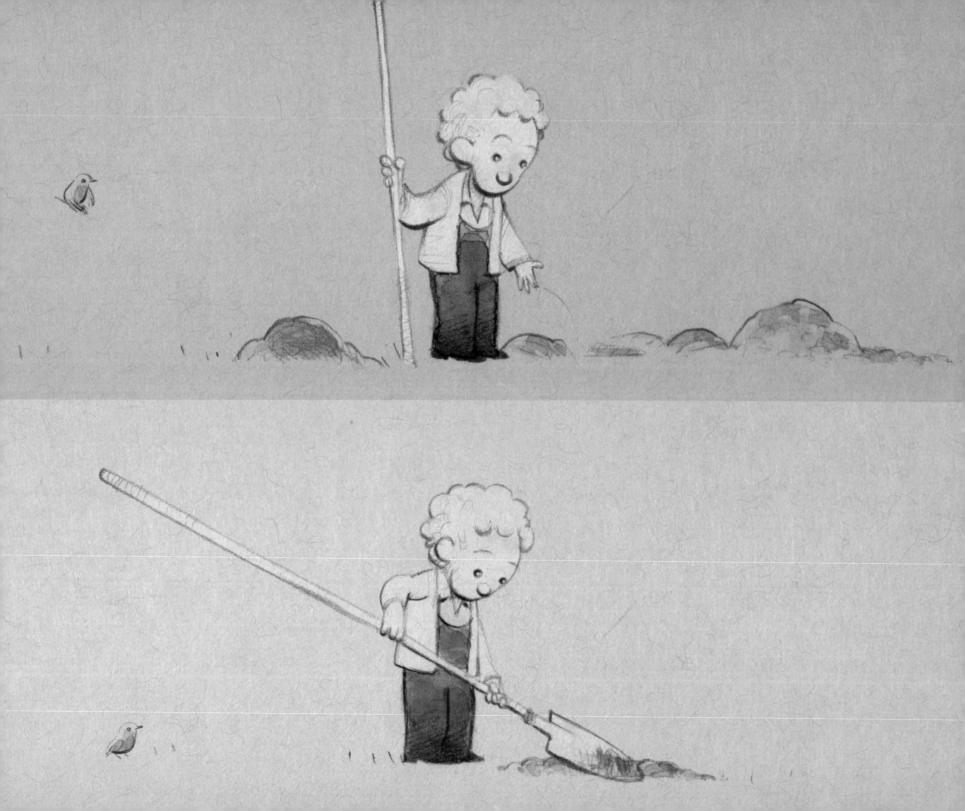

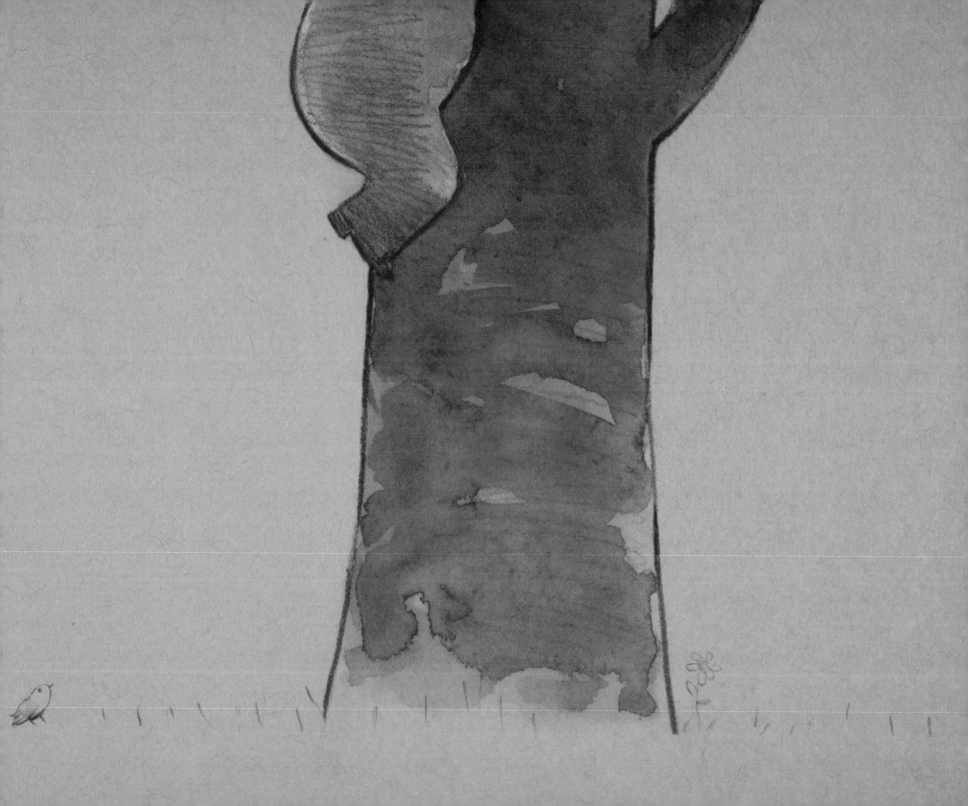

# PARA TIFFANY, QUE VALEU A ESPERA

*Ortografia atualizada*

Esta obra foi publicada originalmente em inglês com o título
*THE BOY AND THE AIRPLANE*
por Simon & Schuster, Nova York
Copyright © 2013 by Mark Pett
Copyright © by Mark Pett para a ilustração da capa
Todos os direitos reservados, incluindo o direito de reprodução, no todo ou em parte, por qualquer meio.
Design do livro: Lucy Ruth Cummins
Copyright © 2013, Editora WMF Martins Fontes Ltda.,
São Paulo, para a presente edição.

**1ª. edição** 2013

**Acompanhamento editorial**
Luzia Aparecida dos Santos

**Edição de arte**
Katia Harumi Terasaka

Impresso na China

Dados Internacionais de Catalogação na Publicação (CIP)
(Câmara Brasileira do Livro, SP, Brasil)

--------------------------------------------------

Pett, Mark
  O menino e o avião / Mark Pett. – 1. ed. –
São Paulo : Editora WMF Martins Fontes, 2013.

  Título original: The boy and the airplane
  ISBN 978-85-7827-707-9

  1. Literatura infantojuvenil I. Título.

--------------------------------------------------

13-05951                                    CDD-028.5

--------------------------------------------------

Índices para catálogo sistemático:
1. Literatura infantil   028.5
2. Literatura infantojuvenil   028.5

Todos os direitos desta edição reservados à
**Editora WMF Martins Fontes Ltda.**
Rua Prof. Laerte Ramos de Carvalho, 133   01325-030   São Paulo   SP   Brasil
Tel. (11) 3293.8150   Fax (11) 3101-1042
e-mail: info@wmfmartinsfontes.com.br   http://www.wmfmartinsfontes.com.br